LES BAINS,

LEUR UTILITÉ, LEURS INDICATIONS,

Dans l'état de santé, dans l'état de maladie.

Par M. Dupoizat,

MÉDECIN-CONSULTANT.

LYON,

CHEZ L'AUTEUR, RUE QUATRE-CHAPEAUX, 12.

1844.

LES BAINS.

Lyon, impr. de Mougin Rusand,
Halles de la Grenette.

LES BAINS,

LEUR UTILITÉ,
LEURS INDICATIONS DANS L'ÉTAT DE SANTÉ
ET DANS L'ÉTAT DE MALADIE.

Par M. Dupoizat,

Médecin-consultant.

LYON,

CHEZ L'AUTEUR, RUE QUATRE-CHAPEAUX, 12,

—

1844.

LES BAINS,

LEUR UTILITÉ,
LEURS INDICATIONS DANS L'ÉTAT DE SANTÉ
ET DANS L'ÉTAT DE MALADIE.

Bien des malades ne pardonnent pas à un Docteur de les vouloir guérir sans les droguer ; et persuadés alors que leur mal lui est inconnu, ils s'adressent à quelqu'un de ces praticiens qui ont la coutume de charger leurs ordonnances de tisanes et de potions.

D'autres (particulièrement de jeunes femmes) laissent enraciner une maladie, attendent qu'elle devienne incurable, avant de consentir à réclamer les secours de l'art, tant ils ont de répugnance pour les médicaments.

Pour soulager, pour guérir, la médecine doit mettre à contribution toutes ses ressources, et il n'est pas jusqu'aux poisons dont il ne faille invoquer la puissance, et qui, maniés par une main habile, opèrent souvent de merveilleuses guérisons.

La strychnine, poison violent, a rendu le mouvement à des membres depuis longtemps paralysés.

Le colchique a dissipé des douleurs articulaires chroniques, des hydropisies réputées incurables.

La jusquiame, la belladonne calment des convulsions rebelles , etc. , etc.

Mais l'art de guérir n'est point l'art de droguer , et quand la nature offre des moyens simples et néanmoins puissants pour rétablir la santé, on aurait tort, on serait coupable d'aller chercher ailleurs des remèdes ni plus ni moins efficaces et quelquefois dangereux.

Pour notre compte, nous nous estimons heureux quand il nous est donné de calmer les souffrances par un traitement facile, agréable, et surtout à la portée des plus petites fortunes : car il y a peut-être de la cruauté à conserver la vie en ravissant les moyens de vivre.

Dans un précédent écrit, nous avons annoncé la guérison de la langueur des jeunes femmes (suppression ou diminu-

tion des mois, pâleur, maux de nerfs)
sans l'aide d'aucune préparation phar-
maceutique, par un chocolat délicieux.

Cette méthode, qui étonne par sa sim-
plicité, ne saurait manquer de rencon-
trer des esprits incrédules; mais les cures
sont là, nombreuses et authentiques,
preuves irrécusables de son efficacité.

Et nous sommes tellement certain du
succès, que nous n'hésiterions pas à re-
fuser tous honoraires avant la guérison.

Aujourd'hui, nous adressant encore
aux gens du monde, particulièrement
à ceux qui souffrent, nous venons ap-
peler leur attention sur les heureux
effets de moyens simples et commodes,
sur l'utilité des bains, bains tièdes et
bains frais, pour entretenir la santé et
remédier à beaucoup de maladies.

BAIN TIÈDE.

Afin de mieux comprendre ses indications, passons en revue ses effets immédiats.

Dans un bain tiède, la sensation agréable d'une chaleur douce est perçue à la surface de la peau, et semble pénétrer dans la profondeur des organes, en faisant éprouver un bien-être remarquable. La peau se gonfle, se ramollit; les pores dont elle est criblée laissent introduire un peu du liquide ambiant. On évalue à trois livres par heure la quantité d'eau absorbée. Les fluides de l'économie se dilatent ; le sang circule plus lentement dans les vaisseaux ; aussi les battements du cœur diminuent de fréquence , et la respiration se ralentit également.

La soif est étanchée , et s'il existe quelque feu intérieur , il est apaisé ; les muscles contractés ou exténués se relâchent, et le cerveau se délassant des contentions d'esprit retrouve sa première vigueur.

Le bain tiède produit un calme général et invite au sommeil. Ainsi que les autres bains, il agit encore d'une manière très-avantageuse en nettoyant la surface de la peau ; il enléve les con-crétions que la poussière et la sueur y ont accumulées. Cet enduit, comme une couche imperméable , empêche la sortie de la transpiration insensible , qui est un résidu de la nutrition , une matière excrémentitielle; détermine une irritation qui se manifeste par un prurit désagréable , cuisson , démangeaison , fréquemment suivi d'éruptions plus ou moins fâcheuses , de boutons de toute espèce : papules , vésicules , etc.

Tout obstacle à l'exhalation cutanée peut opérer des révulsions funestes vers les viscères intérieurs. Chez les uns , il se déclare un rhumatisme chronique , chez les femmes des leucorrhées opiniâtres (flueurs blanches) , qui s'accompagnent à la longue de douleurs et faiblesse d'estomac , etc. ; et une preuve que l'inertie de la peau en est la cause ordinaire , c'est qu'en activant ses fonctions par les bains et l'exercice en plein air on tarit plus de leucorrhées que par toutes les drogues de la pharmacie.

Mais chez les enfants, le défaut d'exhalation entraîne des accidents bien autrement graves. Souvent le teint se flétrit, les yeux deviennent ternes, l'habitude du corps est bouffie ou émaciée, le ventre se ballonne, sous la mâchoire un collier de glandes s'engorge, puis s'abcède, et un pus fétide vient montrer qu'un sang naguère très-pur se trouve infecté du poison scrofuleux (humeurs froides).

La propreté que produit le bain favorise donc les importantes fonctions de la peau. Véritable vertu domestique, elle est une des conditions les plus indispensables pour l'entretien de la santé. Sans la propreté, les maladies de tout genre assiégent l'espèce humaine.

A qui les bains ne seraient-ils pas utiles ? Ils sont utiles aux enfants, utiles aux femmes, non moins utiles aux hommes de cabinet : car la vie sédentaire favorise l'inertie de la peau. Ils sont plus nécessaires encore aux gens du peuple, à ces travailleurs dont le corps est habituellement couvert de sueur et de poussière.

Ils sont particuliérement utiles pour prévenir ou détruire la constipation, incommodité qui devient la source de bien des indispositions, et même de plusieurs maladies graves.

Le séjour prolongé des matières fécales dans l'intestin s'accompagne d'un feu, d'une irritation qui envahit d'abord les organes de l'abdomen. La chaleur se communique à l'estomac; de là soif, diminution ou perte de l'appétit ; puis au cerveau : aussi inaptitude au travail intellectuel, pesanteur, étourdissement.

La peau devient sèche et rugueuse, et des feux se montrent à la face et au front. Le sang qui stationne dans le bassin s'extravasant au dehors donnera lieu à des hémorrhoïdes, aux pertes utérines, etc.

Le bain tiède, qui est essentiellement relâchant, remédie à tous ces accidents en apaisant le feu intérieur, et rétablit l'harmonie des fonctions.

Si la constipation est habituelle, on seconde l'action des bains par l'exercice à pied, des lavements émollients et quelques boissons rafraîchissantes.

Les bains tièdes reposent les membres fatigués, produisent un sentiment de fraîcheur sans affaiblir, conviennent après les exercices violents du corps et de l'esprit; ils modèrent la circulation, tempèrent l'ardeur des sens et l'activité du cerveau.

Dès la plus haute antiquité, on avait reconnu l'immense utilité des bains tièdes dans une foule de maladies. Ils combattent avec succés les irritations et les maladies inflammatoires. Nous nommerons en première ligne les phlegmasies de la peau.

Si le défaut de propreté peut engendrer des éruptions funestes, l'usage des bains tièdes les fait disparaître, apaise la cuisson, la démangeaison qui les accompagne, et prévient leur retour en favorisant l'exhalation.

Ils conviennent dans la plupart des

éruptions papuleuses , vésiculeuses , squameuses , etc. , aiguës ou subaiguës. Seuls ils suffisent quelquefois pour les détruire parfaitement , et quand des médicaments sont exigés pour la cure radicale , ils conviennent encore pour modifier la peau , détruire l'élément inflammatoire , et réduire l'éruption à sa plus simple expression.

Toutefois dans les exanthèmes aigus, tels que la variole , la rougeole et la scarlatine, éruptions critiques dépendant d'un virus particulier qui a infecté l'organisme , et choisit la peau pour voie de décharge, les malades ne doivent jamais avoir recours aux bains sans les conseils de médecins éclairés. C'est aux hommes de l'art seuls qu'il appartient de les utiliser d'abord au début , si l'éruption se

fait difficilement ou tend à disparaître,
et dans la convalescence pour faciliter la
desquamation de la peau, calmer l'irritation, la tension qui restent à cette
membrane.

Ayez recours aux bains tièdes dans les
courbatures, dans les rhumatismes musculaires : ces douleurs fixées non aux
jointures, mais dans les parties charnues
des membres ou du tronc.

Ayez recours aux bains tièdes dans
l'inflammation des organes parenchy-
mateux, du cerveau et de ses envelop-
pes, du foie, de la matrice.

Néanmoins nous ne les conseillons
pas dans l'inflammation des poumons
ou du cœur, à cause des précautions
multipliées qu'exige leur emploi dans
les phlegmasies de la poitrine, et des

dangers qu'entraînerait le défaut de ces précautions.

Mais usez des bains tièdes dans l'inflammation de l'appareil génito-urinaire, des reins, de la vessie et du canal de l'urèthre; des voies digestives, de l'estomac (gastrite) et des intestins, avec dévoiement ou constipation.

Souvenez-vous des bains tièdes pour faire cesser l'irritation dont l'utérus est le siège pendant la grossesse. Unis à la saignée, ils sont quelquefois les seuls moyens de conjurer un avortement.

L'immersion prolongée dans l'eau tiède a guéri des inflammations graves, même la péritonite aiguë, inflammation de la membrane qui tapisse les intestins et les parois de l'abdomen.

N'oubliez pas les bains tièdes pour calmer les attaques de nerfs, les spasmes de l'estomac (gastralgie, vomissements spasmodiques), les convulsions, les palpitations et les coliques nerveuses, les vapeurs, l'agitation, ces insomnies particulières aux femmes et aux personnes irritables.

Ainsi les bains tièdes sont tout à la fois antispasmodiques et antiphlogistiques, c'est-à-dire, contraires aux spasmes et aux inflammations, et leurs indications sont nombreuses.

Si les malades connaissaient la puissance de ces bains, ils seraient bien des fois dispensés des médicaments, et surtout ils n'attribueraient point à l'ignorance du docteur la brièveté de ses ordonnances.

BAIN FRAIS.

Si le bain tiède ramollit les tissus, le bain frais les resserre et les consolide : le premier relâche, le second fortifie ; mais l'un et l'autre contribuent également à entretenir la propreté du corps. Pendant l'hiver on n'use guère que du bain tiède, tandis que nous conseillons de préférence les bains frais durant la belle saison.

Le contact de l'eau à la température du bain frais détermine une légère horripilation, surtout quand on n'y est pas habitué ou qu'on y entre graduellement. Le sang fuyant la surface est refoulé à

l'intérieur : il y a évidemment congestion dans la profondeur des organes.

Aussi la peau est froide et pâle, le visage un peu jaunâtre, la tête, la poitrine et l'estomac paraissent comprimés;
les membres se contractent et le volume
du corps diminue. Mais bientôt l'état de
malaise occasionné par le refoulement
des fluides de la périphérie du corps
vers le centre est remplacé par un bien-
être sensible. Il s'établit une réaction
puissante et salutaire. Le sang afflue plus
abondant vers la surface et inonde l'en-
veloppe cutanée, par une loi prévoyante
de la nature qui réunit toutes ses forces
afin de repousser l'ennemi (le froid) qui
vient de l'assaillir.

Appliquez un morceau de glace dans
le creux de la main, le point en contact

pâlit, un froid très-vif s'en empare et va rayonnant aux alentours ; si vous rejetez le fragment de glace, bientôt une rougeur intense se manifeste accompagnée d'une chaleur cuisante, intolérable, qui s'élèverait au degré de l'inflammation si le corps froid avait été retenu plus long-temps. C'est cette réaction qui nous explique le mode d'agir, la vertu des bains frais.

Au sortir de ce bain, on se sent plus fort, plus dispos : la contractilité musculaire s'accroît, l'appétit est plus vif et la digestion plus facile.

Le bain frais était fort en usage dans l'antiquité. L'histoire nous apprend que les Spartiates avaient la coutume de se baigner dans l'Eurotas, et les Romains traversaient le Tibre à la nage.

Rien, à notre avis, n'est plus salutaire que l'habitude de ce bain : il tempère la chaleur, calme la soif, fortifie les constitutions faibles, délicates et molles, en consolidant les tissus, redoublant l'énergie des organes. Il empêche les pertes occasionnées par la transpiration, augmente l'activité des fonctions digestives et facilite ainsi les moyens de réparations.

Le bain frais détruit une foule de prédispositions. Quand un organe s'affaiblit, ou que la maladie s'en empare, son tissu ne jouit plus d'une contractilité assez puissante pour faciliter dans ses mailles la circulation des fluides ; le sang s'y accumule, et cette congestion, d'abord effet de la lésion primitive, devient cause à son tour, et ne peut que l'augmenter.

Or , le bain frais , en appelant le sang à la peau , débarrasse d'autant les viscéres intérieurs , accroît leur énergie , et peut ainsi prévenir des maladies plus ou moins graves.

Les bains frais ont été avec raison recommandés dans une foule d'affections morbides, où leurs effets sédatifs et toniques devaient naturellement les faire indiquer ; dans les scrofules (humeurs froides) , le rachitisme (ramollissement et courbure des os , déviation de la taille) , surtout si les malades n'y restent pas dans l'inaction , et s'ils peuvent s'y livrer à l'exercice de la nage.

Ils conviennent en général aux sujets dont les tissus sont lâches et mous, dont les chairs sont pâles, étiolées, c'est-à-dire à la plupart des jeunes femmes qui habitent les quartiers populeux, les rues étroites et sombres des grandes villes. Ils sont utiles contre les leucorrhées opiniâtres (flueurs blanches), l'incontinence d'urine, les pollutions nocturnes ou diurnes.

Dans certaines gastralgies (maux de nerfs de l'estomac) accompagnées d'une grande débilité, ils relèvent quelquefois merveilleusement l'activité des organes digestifs, et contribuent pour beaucoup à la guérison de ces affections si souvent rebelles aux médications internes.

L'absence des règles, liée à un état d'irritabilité nerveuse poussée à l'extrême, cède en général assez promptement à l'usage des bains frais pris dans l'eau courante. C'est aussi l'un des meilleurs moyens de les faire paraître chez les jeunes filles pâles et chlorotiques, dont la menstruation première s'établit avec tant de difficulté. Mais c'est dans le traitement des spasmes, vapeurs, que les bains frais obtiennent tous les jours des succès inespérés. Nous les avons vus faire disparaître sans retour de ces affections jadis réputées incurables, toujours difficiles, affections malheureusement si communes aujourd'hui.

Mais ne confondons point les attaques de nerfs, ces mouvements violents, désordonnés, convulsifs, les crises d'hystérie, avec les vapeurs, mouvements nerveux bornés à l'éréthisme, à la mobilité, et à l'altération fonctionnelle des viscères sans contractions involontaires des membres.

Voyez une femme en proie à l'attaque

d'hystérie, vous remarquez : battements précipités et tumultueux à la région précordiale, respiration haute et fréquente, soupirs entrecoupés et singultueux, globes des yeux portés en haut, renversement en arrière du cou et du tronc, contractions des membres tantôt permanentes, tantôt cloniques, mais toujours involontaires ; enfin, tressaillement et agitation spasmodique de tout le système musculaire, cris étouffés, quelquefois pâmoison complète..... Puis l'organisme tombe dans une résolution et une langueur qui le conduisent mollement au sommeil.

Voilà bien l'hystérie convulsive !

Les femmes sujettes à ces attaques sont en général robustes et douées d'une constitution souvent florissante ; aussi le véritable traitement de l'hystérie à la forme convulsive ne se trouve point chez les apothicaires : il faut le chercher dans une dépense active et continuelle des forces musculaires, dans des travaux du corps et une gymnastique variée, dans la fatigue des exercices auxquels la femme de la société se soustrait trop en général : car on ne l'observe guère chez les femmes de la campagne, chez toutes celles que leur position oblige aux occupations viriles, et qui mènent une vie dure et laborieuse.

Au contraire, celles qui se plaignent de spasmes, maux de nerfs, offrent une constitution et une santé en général faibles et languissantes. Leur complexion délicate les a fait sujettes à la mobilité nerveuse : impressionnabilité soudaine

et sans cesse renaissante, anxiétés pré-
cordiales, bouffées de chaleur au visage,
tressaillement involontaire à la plus légère surprise. Une porte qui se ferme,
un attouchement ou une parole inatten-
due de quelqu'un qu'on ne voyait pas,
sont la cause de ces émotions dispropor-
tionnées. Des frayeurs paniques, des
susceptibilités vaines et déraisonnables,
des pleurs pour rien, une pusillanimité
excessive, un effroi qui va jusqu'à la
syncope produit par la crainte du ton-
nerre et de l'orage.

La mobilité nerveuse est une prédis-
position à l'état vaporeux, elle en est
le prélude. Survienne ensuite quelqu'une
des causes capables d'ébranler le système nerveux, de le détourner des opé-
rations qu'il doit exécuter, alors se dé-

roule la série incroyablement variée des spasmes, palpitations, étouffements, toux convulsive, asthme ; tiraillements dans la région de l'estomac, douleurs poignantes et erratiques, grande anxiété, jactitation, éructations sans odeur, profond découragement, etc.

Or, les causes puissantes des maux de nerfs sont :

1° L'anémie, privation ou insuffisance des aliments, pénurie du sang. En effet, rien ne développe plus infailliblement la mobilité nerveuse et les affections spasmodiques que l'abstinence prolongée, la diète trop sévère, les spoliations humorales, mais principalement sanguines, naturelles ou artificielles, portées trop loin. On peut ainsi créer à volonté des femmes vaporeuses et hystériques, des hommes flatulents et pleins de spasmes, bientôt hypocondriaques.

2° Une autre cause bien efficace de la production de l'état spasmodique, ce sont les passions, et bien plus les passions dépressives qui jettent dans l'abattement (telles que la peur, toutes les anxiétés morales, les affections tristes, l'envie ou la haine malheureuse, etc.), les passions expansives stimulantes et qui doublent l'énergie vitale (telles que la colère, l'orgueil, l'ambition ou l'amour heureux.

3° A ne parler que de ces deux causes, sans contredit les plus fréquentes et les plus efficaces, hâtons-nous de dire que les remèdes qu'en médecine on décore du beau nom d'antispasmodiques ne sont que des palliatifs. Ils calment la douleur présente, font taire le spasme du moment, sans avoir aucune prise sur la source du mal, source qu'il importe de détruire.

Y a-t-il anémie, il faut créer un sang riche, fortifier la constitution, en un mot, il faut les toniques. Or les bains frais sont une espèce de toniques, et des toniques bien puissants, par le calme qu'ils impriment d'abord à l'innervation, calme général, uniforme, égal, suivi bientôt d'une réaction excentrique, générale, pleine d'harmonie et de spontanéité. Cette heureuse réaction se manifeste par une fièvre physiologique qui est le plus puissant antagoniste des maux de nerfs.

Les passions ont-elles développé l'état spasmodique, c'est dans le triomphe de

la raison, d'une grande énergie de volonté, d'une intelligence puissante et
élevée, c'est-à-dire dans le triomphe des
plus nobles prérogatives du cerveau qu'il
faut chercher sa guérison radicale.

Toutefois les bains frais seront encore
indiqués si les passions ont frappé long-
temps et avec énergie, et si, la cause
détruite, les nerfs sont laissés daus un
état d'exaspération et de désordre.

Les bains frais sont des moyens de
guérir, dont toute la puissance n'est pas
encore bien connue : de nouvelles ex-
périences apprendront aux hommes de
l'art les autres affections morbides qui
les réclament, et où ils seront adminis-
trés avec succès.